U0617924

蓝土地

林慷慨 主编

——王静新诗歌选

大海与假象

王静新 著

春风文艺出版社

·沈 阳·

图书在版编目（CIP）数据

大海与假象：王静新诗歌选／王静新著；林慷慨
主编. —沈阳：春风文艺出版社，2024.1
　　ISBN 978-7-5313-6592-1

　　Ⅰ. ①大… Ⅱ. ①王… ②林… Ⅲ. ①诗集—中国—
当代 Ⅳ. ①I227

中国国家版本馆 CIP 数据核字（2023）第 243994 号

春风文艺出版社出版发行
沈阳市和平区十一纬路 25 号　　　　邮编：110003
四川科德彩色数码科技有限公司印刷

责任编辑：平青立　　　　　　　责任校对：赵丹彤
装帧设计：书香力扬　　　　　　幅面尺寸：145mm×210mm
字　　数：124 千字　　　　　　印　　张：5.5
版　　次：2024 年 1 月第 1 版　　印　　次：2024 年 1 月第 1 次
书　　号：ISBN 978-7-5313-6592-1　　定　　价：50.00 元

蔚蓝色的诗学：从大海开始

——关于《大海与假象——王静新诗歌选》

赵学成

　　王静新所在的浙江洞头地处海岛，不出意外地，他的诗里遍布着大量的海洋元素：水、风浪、岛、沙滩、海港、海岸、海平线、礁岩、海鸟、乌贼、海螺、牡蛎……这些彼此勾连、相互映照的意象群，组合成"大海"的物质构成，搭建起"大海"的形体框架，支撑起"大海"的表意语系，并作为一种最具特质的存在形貌，参与拼接和构筑了王静新诗歌的精神地理谱系。在王静新这里，"大海"从来不是旅游观光客猎奇视角下的一种"他者"化的奇观，也不是多愁善感的诗人们笔下常见的那种即时的、膨胀的美学憧憬和感官化的快乐想象，而恰恰是他平生置身其中的日常现实，是命运般的生活居所和归宿般的生命栖息地。这种无从选择的生存境遇，直接投影在诗人的写作中，赋予他的作品不同寻常的品格与脾性：很显然，这是一个现实主义式的开始。

　　当然，单纯就诗对"大海"的表现而言，这并不新奇，因为无论古今中外，"大海"在诗人的笔下就一直是一个超级意象，是美学的亢奋点，也是抒情和修辞的酵母——而由此带来的一个消极后果，就是容易让"大海"象征化和巨型寓言化，成为一个"大词"，从而让诗人的情思结构与一种板结化的书写套路捆绑在一起，导致一种想象力的腐败和精神造型力的坍塌；那些附着在"大海"一词上面的厚厚的"老茧"或者"油垢"，造成了一种严重的遮蔽与壅塞，最终反而伤害了诗歌指涉现实的命名能力。关于这一点，只要看看围绕韩东那首著名的写于二十世纪八十年代的《你见过大海》所引发的诸多讨论，便可以知晓。由此可知，对"大海"的集中书写，往往需要顺道完成对"大海"一词象征性集群质素进行某种"祛魅"，以避免堕入情思套路化、虚化的渊薮。作为大海边的原居民，一个本地的土著，同时作为一位高度自觉的写作者，王静新显然意识到了这一点，如《异乡来客》一诗就直写作为异乡来客的"你"与作为本地人的"我"之间在大海认知上的种种错位——而将这类"异乡来客"移换为写作者的身份，他们那些自以为是的对于大海的描绘和歌咏，又何尝不是一种错觉？有鉴于此，王静新在另一首诗中似乎意有所指地写道："海钓者的野心/要向着更深处/沉潜，犹如雄峰垂顾深渊。/以未知之黑蓝/睥睨那轻薄的/光的表面。"（《海钓者，大海与假象》）这位"向着更深处沉潜"的"海钓者"，显然可以被视为诗人对作为书写者的自我形象的一种期许和建构。

这种期许和建构明显走到了与韩东截然不同的维度。韩东在《你见过大海》中表现出来的，主要是借助修辞消解、情感零度、语言口语化来展现一种激进的解构主义的文化姿态，而王静新立足于生活现实的辽阔疆域，对于"大海"有着更为直接和内在的诗学怀抱，试图在诗的风格内部解决这一问题。在韩东那里，"大海"和另一首诗里的"大雁塔"一样，其内里是中空的，只是一张符箓，一个绝好的道具，一个隐秘的出口，在所谓"本体论"和"现象学还原"的哲学掩护下去完成一场剥离式的诗学展演，其形象和内涵的所指性在这种剥离完成以后，就失去了继续深入下去的动力和可能。而王静新笔下的大海，首先是真实的具象可感的大海，是可目击、可触摸、可品尝、可闻嗅、可涉渡、可深入的大海。从《在水下》《大海，迷雾中的诗》《大海和远方》《听涛入夜》《在"轩之缘"想起大海》《清晨，在海上》《鹅卵石滩消失时刻》《海边岩石时刻》《无人沙滩轶稿》《海钓者，大海与假象》等这些直接书写大海的诗篇，到《乌贼》《牡蛎时刻》《海鸟》《藤壶时刻》《龙头鱼时刻》《小小鲳鱼时刻》《贝壳时刻》等这些书写海中（边）生态的作品，再到大量细节处动用"大海"意象（或者海中其他意象）的想象和修辞，王静新次第建构起了体量庞硕的大海的表意序列和意义谱系。

大海以其整体意象和精神气质，或者大量以微小细节的方式，频繁占领诗人感受力发生装置的核心位置，入侵其想象结构的"毛细血管"，是王静新诗歌的一个重要征象："风波中，扁舟中，他来复习大海。/海水的狂欢抛掷出鸥鸟。/鸥鸟让木船的摇晃更加惊惶。"（《到竹屿去》）"为鹅卵石，脱去皮鞋，/进入浪潮翻译过的语言：/每一颗都光滑顺畅，/每一粒都平息过海洋的愤怒。"（《听涛入夜》）"有人在修剪蔚蓝，/而辽阔正让镜头缺憾。//在逐渐单调的移动中，/岛礁的命名显得苍白：//两片断刃合拢为斗笠，/一屿虎头露出温柔的坡面。"（《清晨，在海上》）应该说，只有长期浸淫在大海深处的本地"土著"，才能有此体会、心境和想象，才能在大海的涛浪声中淬炼出相应的视野和听觉；而反过来，正是在这种视野和听觉的强力襄助下，诗人才能赋予大海如此丰富多彩的体征与面相，才得以重新给"大海"赋义和命名。以大海为中心的自然神殿，就此成为王静新诗歌展露情思的牧场和飞地，也是诗人勘问存在、巡诊现实的物质依托和精神支撑。在这一背景下，王静新创作了大量的"现代咏物诗"，体物以自证，观物即阅世，清寂中见慧眼，沉静中显心志："每一株竹子都茂盛若另一棵，／自然均分她慈悲的这一面，／山野已悟透天机，因而／穿过竹林也将解决世间的凌乱。"（《在竹林——致池凌云》）从物我关系的角度来看，这几乎就是"咏物言志"的现代典范。

在诗人为"大海"编纂的语义学词典中，笔者以为，"静"乃是一个词根，一个精神修辞学的原点与核心，由它衍生出来的诸如"宁静""静谧""幽谧""寂静""幽静""静止""恬静""沉静""平静""静物"等大量词汇组成的语义场，不仅定义了王静新诗歌的整体诗学脾性，而且进驻了诗人的诗学原典，归拢为诗人的心灵词源，成为一种征候式的精神映射。显然，这种对于寂静的聆听，来自大海长期以来对诗人潜移默化的教育和熏染（值得注意的是，诗人名字里正好有一个"静"字，这种冥冥之中的巧合确乎也令人感慨），也来自诗人对于诗歌中的声音的某种顿悟——在绝大部分情况下，王静新诗歌中的声音都是沉静、镇定、克制、幽深的，"静"始终主导着诗的情绪走向和意境营造。很多时候，它甚至影响到了诗人体物、观物的方式："无疑，它比我更快速地占有这页文字，/更冷静，它压低飞翔的激情，/在纸上开辟幽静之路，光束已静止，/语句已清晰，它比我更灵敏地抵达文字边缘。"（《微小的苍蝇》）即使是"微小的苍蝇"，在诗人眼中也能"开辟幽静之路"——这种对于"静"的近乎偏执的追寻与看顾，当然自在于诗人精神语法的潜意识编织之中，是一种风格脾性的裸裎与确证。也正是在这种情形下，大海作为一种深阔的蔚蓝色的生命背景，作为诗思映射、诗情灌注的底色与镜像，更是作为一片精神辖区，一种心灵籍贯，作为形象与形式的双重核心，在词与物的修辞变奏中构成王静新诗学腹地的丰富储藏与矿脉，伴着朝晖夕阴、潮涨潮落，深度编辑了诗人的诗学谱系。

然而，居于大海中心的海岛的生存境况和由此带来的写作自觉，并未让王静新陷于自囚、自闭的陷阱或渊薮，恰恰相反，"海岛"的生活现实使诗人获得了一种别样的生存体验，在写作上获具了一种罕见的特殊的视角："混沌教给我满眼的无知。多少年，/海岛让我活在荒原的中心——/篷船已失踪，木桨已丢弃，/大海照亮过的男人都化为/沉默的囚徒：嘴如蚌壳紧闭，/心似海盐腌制，无论未来和往昔。"（《大海，迷雾中的诗》）这种自呈与自述，显示出了自我、大海、世界三者之间在时间洪流中的变构关系，揭橥了一种被隐喻的命运，一种生存的图景与刻度。它与时代以及人类文明的精神文化境况紧密相连，彼此一体同构，难以分离。由此可知，王静新的"大海"连接着一个完整的世界，是"开始"的地方，而非孤悬于世界之外的桃源胜地。像《堤坝旁的海鸟》《在虎园》等诗，均在一定程度上展现了自然与现代性的对峙和冲突，显示出诗人凝目时代、勘测现实的伦理觉醒——也许，重要的不是对这种对峙和冲突的描述本身，也不是对其结果的种种估测，而是作为一个诗人的精神立场，以及那种纯粹的美学上的自信："一种纯粹/几乎无视冒烟的机器。/就像随身携带着几套/换洗的羽毛，不慌不忙，/优雅的信心几乎要把你刺痛。/它们也有理由藐视电线塔/和沉重的大卡，并对物质的/所有假象表示出不屑。"（《堤坝旁的海鸟》）"海鸟"的自信实则也是诗的自信，我们必须笃信诗歌内部迸发出来的美学力量和精神势能，并为之添薪、加柴，否则我们为什么还要写作呢？

　　沿着这一诗学线索，王静新的诗笔大都依旧在自然的腹地调度，却仿若置身"荒原的中心"，背靠着"大海"而又从"大海"的视角出发，不断向着人性、人心和时代生活的深处进击，抵临存在的山川丘壑甚至深渊。这就让其在表现形态上呈现出一种与众不同的抒写结构，即从传统的借景抒情的风景诗和托物言志的咏物诗中溢出，不再将景、物视为抒情言志的工具，拿主体情志强行占有景、物，而是以蜿蜒、隐曲的笔触抚触物理、勘探物情，在对自然风物声色光影的洞悉中揭示存在的秘密，折射当代社会的精神状况和人心面貌："在水下我们褪下那失败的化装，/穿上光滑，在水下听不见坍塌，/建筑在悄悄模仿珊瑚。"（《在水下》）"光线远去，花丛远去，/鹦鹉囿于简约的自我，它的焦虑渐渐稀薄，/它长时间蹲坐着，鲜艳的话语开向内心。"（《鹦鹉的语言》）"谙熟灵魂的分量，为抵近天庭，它甘食腐肉。/而铁网封掉了天空，灵魂搬运已休业。//蹲踞树下，它注视游客往来，/它职业的阴暗，审视着灵魂在欢乐中轻去。"（《秃鹫突围》）咏物而不限于体物，紧贴物理而又不凝滞于物情，在词与物不同的维度自由穿梭、往返、跃迁，时时将隐喻和暗指的指针从容指向更广阔的存在界域，是王静新这类诗歌共有的文本品性。

在此过程中，王静新展现了精微而深湛的修辞技艺，显现了一位现代诗人楔入语言褶皱与词语罅隙的强大心智和深厚素养。修辞不只是单纯的语言层面的技术、技巧，而更是与洞察力、感受力、想象力混融在一起的一种灵觉，一种掘进力，它考验的实则是诗人的综合能力。在笔者看来，王静新已然是一位技艺精熟、老到的诗人，有诗句为证："不是手完成了茶器，是风暴/在提拉海泥，也是寂静/在寻找腹壁。"（《入夜，在海陶馆》）"岩石从沉重里出走——/一段河床石已易容为锦缎。/卵石在阳光的掌纹中小跑。/情人峰下，为了内部的蝴蝶，/两块石头拥吻。"（《在龙湾潭》）"她返程后，铁观音还在/那人的味蕾上写着南方的长信。"（《碎裂的第一首诗》）……奇异的感受和新颖的想象连体共生，不断给事物或场景带来某种蝶变，展现出语言强烈的自我更新的愿望。无论从哪个角度来看，没有经过现代诗学的深度淬炼与锻打，缺乏在语言的沼泽地里摸爬滚打的经历，几无可能写出这样精准度和密度兼具且极高的诗行来，这几乎就是修行的证明。

王静新有一个笔名叫"沙之塔"，所谓聚沙成塔，正是大海边的幻景和寓言。诗人将其引渡到写作的自我命意中来，显然是想在这个幻景和寓言中争取出一种开悟，一种涅槃与超越。这不由得令人想起瓦雷里在其名作《海滨墓园》中深沉而激越的咏叹："大海，大海啊永远在重新开始！"而如今，沙之塔以其清新而闳深的写作，强有力地回应了瓦雷里的声音，并在"大海"的诗学重构中成为汉语里的一个悠长的回响。"放眼望去，大海庭院空无。/唯有波光闪烁不停，/为一种至深的简朴作序。"（《海边岩石时刻》）这种"序章"何尝不是一种"开始"呢？它朝向"一种至深的简朴"，乜朝向一个海岛之子，朝向他蔚蓝色的大海之诗。

序二

言语塑造中的连续性诗歌时间

——评《大海与假象——王静新诗歌选》

陈　辉

　　王静新，浙江"80后"诗人，在二十年的诗歌生涯中，他已正式出版了三部诗集。王静新的最新诗集《大海与假象——王静新诗歌选》相较于他以往的作品已展露出大为不同的文本质地，特别是诗集最后一辑"大海假象"收录了他最近六年的诗作，以"时刻"为后缀的系列诗歌展现了他最近几年的诗歌写作思考，以及希冀建立一种更具个人风格的诗学抱负。

　　"群星隐没于白昼。/但我微微陷下的足印，/是一串通向星系的疑问。/礁石的狰狞则回应着：//宇宙已经太旧，/无数细沙部落的冒险/或许已经太迟。"（《无人沙滩轶稿》）如果我们不将这样的心迹表达理解为对实际生活近况的思考，而将它理解为对一种成熟诗学风貌的探寻，或许更能激活文本的多义指向，显示出追寻诗歌真旨的趣味。诗人王静新对自己多年来的写作实践进行了回顾与思索，浸润在以往的写作方式中太久了，而现在思考一种新变，或形成一种更具个人风格的诗学气象，是否显得冒险呢？但对于王静新而言，所谓的冒险与保守似乎不成为问题，抑或在他心中早已有了答案。在日日新的诗歌环境中，王静新已经确定要克服诗歌风貌的变化所带来的茫然感和不确定性。他思考的关键性问题在于是否太迟，即能否在二十年的诗歌写作之后，再次形成一种不同的、成熟的诗歌风貌，这无疑是一项具有高风险的文本行为。但我们应相信作者已在一次次的自我思索和自我暗许中，找到了最终答案："那些半埋的小石块，／正像迷途星际的纪念碑，／停在两片空无之间。"即使无法达成一种诗歌新变，或形成另一种成熟的诗歌风貌，探索的经历亦可在漫长的诗歌写作生涯中起到诸如"纪念碑"的标识作用与警示意义，以供一位走向纵深、走向中年深渊的诗人不断回顾，以矫正自己往后的写作方向。

纵观王静新最新诗集《大海与假象》中 2003 年至 2023 年的诗歌作品，便可发现王静新二十年的诗歌写作变化。在新近几年的作品中，他进一步克服了自己年轻时诗作中因缺乏生活经验而导致的流于生活表面或沉溺于单纯写景咏物的问题。在诗行编织方面，逐渐由以往的单一句式顺次连接转向了多种句式、复杂句式的连贯纵横；在想象力方面，逐渐由明喻、暗喻交替出现向具有局部象征，甚至整体象征的谋篇布局过渡；在内容表达方面，开始出现由单一的日常生活书写与自然咏物书写转向了两者交融互指的趋势。这些变化在《星图时刻》中都有集中的体现，星辰有效地融入作者的日常生活中，父亲、孩子、星辰三者进行了一次有效的互动，并伴随着这种互动，星辰、地球、宇宙等词语被充分激活，成为一种桥梁、居所、背景，诗歌文本所呈现出来的意义便在诸多实在场所（星辰、地球、宇宙）与诗歌语言所构成的词语场所中流转呈现。我想这种变化是可喜的，尽管他在文本中所愿呈现的意义流转方式与我个人的写作趣味有些许不同，但仍可就诗歌意义与词语形式的互动关系方面进行或略显偏颇的讨论与适当引申的阐述，并通过这样的讨论与阐述，指明王静新此部诗集所出现的变化趋势，以及我们可以或可能走向的呈现"诗歌时间"的一种新路径。

一

诚然，如若我们将诗歌写作看作是言语活动的一次实质性行为，那么，意义输出便是诗歌写作的切身目的。我们不可否认，人，特别是诗人，是一类具有强烈意义表达欲望的群体。他们在诗歌这类的文体实践中，饱含热忱地、高密度地输出一种意义。意义表达可粗略地分为两类，即智力认识的与情感表现的。在意义的高压喷射枪下，便形成了一种在词语形式上具有连续性的语言产品——诗歌。从此种角度照看，诗人将在诗歌产品中获得两种愉悦：一种是在世界的行程中获得意义的快感，一种是表达从世界行程中获得意义的酣畅。于是，千万人中，诗人何其幸运。在诗歌文本中，意义的输出有多种方式，这不仅关乎言语活动中词语技巧的运用（语言在意义输出过程中，仅作为一种物质性的投射），还关乎诗人对于意义输出方式的思维思考，即思考如何输出意义，如何高效准确地输出意义，如何最大限度地输出意义等相关问题。但这类思维思考在具有封闭特征的意义输出过程中，可能会萎缩为一种简单的投射思维与表意思维。

不论在任何艺术倾向的诗歌文本中，诗人们殚精竭虑之所在，便是为了使词语表现出一种形式上的连续性（物理形式意义上的连续性，我们认为陌生化或张力可以造成语义上的断续）。并且，词语在诗歌成品中都毫无意外地表现出了形式上的连续性。这种连续性既是诗人言语活动的脑力实绩，又是诗歌文本中意义稳定输出的基础。而同时需要强调的是，诗歌文本中词语形式上的连续性尽管使阅读具有了时间连续性，但并不必然地导出诗歌文本意义的时间连续性。其中还可能存在多种情况。若我们大而化之地将漫长的诗歌艺术史仅分为古典主义时期与现代主义时期，那么，我们几乎可以认定古典主义时期诗歌的意义呈现并未体现出时间的延续性，古典主义时期诗歌输出的是具有凝定性特征的意义。所谓凝定性是指在诗歌书写之前，一种大致确定或完全确定的思想已经形成，它仅需一种形式上连续的词语进行"表达"或是"解释"即可。在将语言运用得炉火纯青的诗人笔下，这种凝定性的意义表达几乎不会出现误差，它仅可能在一些二流诗人中产生一些表达准确度上的意外，或者更糟的情况是，产生一种蹩脚的偏离。但无论是何种情况，意义的凝定性似乎已经先天性注定了它并不能带来诗歌思想的延续性。意义凝定性的诗歌宛若宇宙中一个孤立的质点，它仅占据一个点的位置——一个文本，但并不占据一段时间——"意义的时刻"。在此孤立质点上，它仅可能呈现一种智力或情感的密度，它浪费了（辜负了）词语形式上的连续性，并进一步将词语连续性转入一种僵硬的对照逻辑与列举逻辑。

诗歌意义的凝定性表达特点在青年诗人中显得尤为突出。王静新的早期作品《周末的午餐》："高压锅的安全阀飞速转动，/泉水苏醒并开始忘我舞蹈。/我感到里面的米结成了雁阵，/飞入你善良的胃的皇宫。"即是在一种提前预设的中心意义下进行列举编制，以上四句便轻易地透露出诗人享受空闲周末时光的愉悦心情。他为自己，也为亲人朋友，准备了一顿温馨的午餐。他们在一个阳光明媚、气氛和睦的午间享用这顿午餐。在接下来的诗歌叙述中，他将享用周末午餐的愉悦依序比作了"像林荫中等候必经的一只小鹿""像一个国王行走在别人的国土上""（餐桌上的花瓷碗像）洋流披上了淡淡的白婚纱""像一次暗中的祈祷"……这些比喻修辞格层面的诗意语言书写都指向了一个中心目的，即输出一个提前预设好的文本意义。在中心意义的凝视下，诗人所能完成的即是围绕着这个表达中心，一次次打开自己的想象力，完成一种审美上的升华。多个具有趋一指向的比喻句仅在数量上（而不是在本质上）完成意义的统一输出。句子数量越多，想象力越优美化，对中心意义的输出越具有装饰性。

正是在预设的凝定性意义的统摄下，词语形式上的连续性失去了它应有的魅力。词语在诗歌文本中仅完成一种消极的工作，即罗兰·巴特指出的，词语在"完善一种关系的对称或简洁，把一种思想带到或压缩到一种格律的准确极限之内"。诗歌中的所有词语并非仅仅处理该词语与上下词语之间的关系问题，更应指出的是，古典主义诗歌中的词语更多是在处理自身与意义呈现之间的关系。于此之中，待处理的关系并非一种可多元化自主呈现的关系，而依然是一种既定的"词语—中心意义"的映射性关系。

王静新的《在水下》是我较为喜欢的早期作品，它不同于同为早期诗作的《书鱼》《蝉》《微小的苍蝇》《海鸟》《观望一只鸟》等咏物抒怀诗，也不同于新近时期海岛气息浓稠的观海抒怀诗。《在水下》是我目前所能见到的王静新第一首个人感受与海岛气息充分融合的诗作，它在一定意义上彰显了王静新作为一名海岛诗人的基本底色。通过这首诗，也可以洞察出王静新往后大量观海诗中感知大海、与大海互动的基本思路模型。在往后的写作中，王静新更加娴熟地调用大海、沙滩、海鸟、水草、星辰、鱼群、贝壳、岩石等海洋相关意象，并在大海的雄阔背景中游目骋怀。他的观海诗明显采取了一种与现代都市生活间隔疏离的书写方式，将大海看作是自然的代表物，将大海认定为自然的代名词，他热衷于书写大海，书写大海上发生的一切……这实则是王静新在诗歌中尽力避免直接触及现代都市生活的一种策略，却又无可避免地，他在对大海的书写中存在着一个潜在的参照对象——现代都市社会。大海既是他放松都市压力，获得精神重生的地方，又是他反观、反察、反思都市生活困境的地方。以上便是王静新书写观海诗的基本思路模型，此模型的雏形在《在水下》一诗中便有所体现。《在水下》传达出诗人王静新对大海的最初体验，即认识到海水的"上善"属性。"我们滑向大海深处，／去寻找鱼，去构筑宫殿。"水的"上善"属性就在于水善"居于渊地，利万物而不争"，"在水下我们褪去那失败的化装，／穿上光滑，在水下听不见坍塌"，水善于净而"涤除玄览"，"在水下我们的语言选择水，／电话选择透明，／我们的火有比较暗的温度"，水善细腻绵长而柔和万物。正是因为水有诸多如道家所言的高贵品质，人们才可在水的涤荡中重获柔软的内心与富有生机的性情——"在水下，我们用鼻子接吻，/也用鼻子听，让深处的寂静/充满了浮力。"

在此诗中，王静新有效地保留了对水的视觉感受、听觉感受与触觉感受，能较为出色地将主观表意目的与个人感知结合起来，我们得以体认到一种较为柔和的、驯化好了的凝定性意义。而后三节，以"在水下，我们……"开头，略显单一的句式缺乏必要的句型转换，因而所带来的机械性人为地导致了诗歌语言气息的不流畅，妨碍了意义的浑融输出。人对世界的感知并不是如此工整对称的，人对原初感知的理性处理（非经验处理，诗歌需要对世界意识进行不同范围、不同深度的经验处理）不应在诗歌中予以完成，此重任也不由诗歌承担。诗歌的高妙处在于，以一种更本真的、更完整的、更准确的方式传达人对世界的认识。其要害处在于，形成的凝定性意义统辖着整个文本，妨碍了词语形式上的连续性与生命原初认识的同步趋近。而对于此问题的思考，对于此关系的改变，则有赖于观察王静新后面的作品。

二

我们需要词语形式与意义呈现的何种互动关系呢？这本是诗人自主选择的问题，但它确实有一个关联项，即它服务于诗歌艺术的根本要求——更精准地表达人类意识对现代世界的一种观认。人们似乎早已从凝定性的古典时代走向了现代社会，在现代社会中，人时刻感受着自身的异化与事物的流逝。海德格尔亦指出，人不再是凝固化的存在者了。非凝固化的存在者体认/消费非凝固化的意义。因而，古典主义时期诗歌中的词语形式与意义呈现的关系理应得到相应的修正。罗兰·巴特在《存在诗歌写作吗？》一文中，引入了"诗歌时间"的概念来阐述诗歌意义与言语活动之间的不同所谓关系。我所理解的"诗歌时间"并非指读者在诗歌阅读中所行进的时间，亦非诗歌文本所构筑的时间跨度，而是意义与词语之间相互追逐、相互耦合的行程。在此意义上，罗兰·巴特指出，古典主义诗歌没有时间延续性，即本文指出的凝定性意义，它作为完成时态，并不在于发明词语而只是"指领"，一种凝定性意义"指领"着表达它的言语执行生成的任务。简言之，是意义在寻找词语。如果凝定性意义只指向"意义的时刻"，那么，"诗歌时间"只能在流变性意义中索取。流变性意义可成为一种可能，它既是当代语境所认同的可能形态，又能在形式上连续的词语中予以完成。流变性意义首先是非凝固性的，它被行进中的词语激发，词语也在意义生发中被"创造性"地展开。至于展开的具体形态特征，可能是连续的、断续的，也可能是断裂的，不一而足。

　　流变性意义如何在词语构造中完成呢？若在形式上连续的词语能解除一种指向中心意义的意向链上的纽扣义务，从而获得一丁点自主性。在此自主性中，它拥有一种非它不可的语气和气势。它安排自己，设计出场方式。词语自身便呈现为一种行进的时间，在此行进中与意义耦合。意义跟随词语的时间行进，自然呈现为一种流变性，亦是词语在寻找意义。若仅对词语做形式上连续性的基础要求，并只从词语的形式连续性上考察流变性意义，则不能充分显现出流变性意义的诸多形态。因此，在词语的形式连续性上更应做出词语单位上所分担的语义分量的考量。在古典主义时期，词语单位分担的语义分量呈现为一种均等化的特点，因而，我们无法分辨语言形式上的连续性与词语语义上的连续性的异同。大多数的情况是，我们将两者合二为一，指出这是一种好语言，词语形式上的连续性裹挟着词语语义的连续性，反之亦可。如此特征的语言连续性便可输出一种具有一定浓度的稳定性的情感表达。词语语义的连续性作为一种"遗风"，也体现在现代主义诗歌中。现代主义诗歌在词语与意义的相互追逐、相互耦联中呈现为一种语义密度均等的"诗歌时间"。亦可将这类"诗歌时间"称为"均质性诗歌时间"。其中"均质性"与"均质化"有所区分，前者借用工业生产中产品质量均匀处理的概念，而指向语义密度的均等呈现，后者在社会学、艺术学概念中指向均一化、普遍化，而忽略突出性、特殊性。均质性的连续性诗歌时间是现代主义诗歌的标准形态，自波德莱尔（特别是兰波）以来的现代主义诗歌大多在努力追寻这类流变性的诗歌意义呈现。在新近时期，又出现了诸多变体。

诗集《大海与假象》最后一辑"大海假象"，收录了王静新2018年至2023年的诗歌作品，其中一大部分是以"时刻"为后缀的系列诗歌。如何理解王静新对"时刻"的认识，是为了展现一种"意义的时刻"，还是以辩证性的思想表现对连续性意义的追求呢？我认为在其主观目的上，"时刻"多指一种由瞬间性场景、核心型物象所引发的诗歌行进过程，即在庸常的生活中，找寻那个最具诗意性质与智力蕴藉的片段。但在文本的客观呈现上，却意外地在日常叙事的推进（含思绪要素）与虚构物象的推进（含智力要素）中构筑出一种连续性的"诗歌时间"。一部分以"时刻"为后缀的诗歌主要由一个片段场景的叙事开始，一方面具有"切题"的作用，另一方面则可将读者带入那个具有诗意性质或思绪源点的片段。《海神时刻》："在超市货柜旁，／父亲间隔二十多年，／再次抚摸我的头。"由父子一同去超市购物，父亲发现儿子生出白发的场景展开。《理发时刻》："头发撒落了一地。／电音的节奏激越着，／那外来的乡村少年正步入阳刚。"由理发时，电推器声响勾起的思绪展开。《星图时刻》："散步时看见的北斗星／也会在窗前看着他。"由散步时，观望星空的场景展开……以上三例所录诗句都选取自诗歌的第一节，可见，王静新擅长使用一种较为写实的笔法，描述一个具有思绪开启性质的场景。在接下来的诗行中，进行相关事件的补充，或写实的，或虚构的，或在两者的交融中完成词语的行程，向思绪或思考的纵深处展开。

另一部分以"时刻"为后缀的诗歌主要围绕着一个日常场景中的核心物象开始，词语在"就实"与"务虚"之间缠绕推进。《海边岩石时刻》："面对深深的荒芜／为什么我们来到海边——"以疑问语气起句，以"海边岩石"为核心物象展开。《贝壳时刻》："双重幽闭在岩缝里，／可爱的自我／只要一点点浮游微粒。"起句彰显出虚构色彩，以带出核心物象"贝壳"，进行自我叙述。《小小鲳鱼时刻》："银色的海水之叶／在盘中环绕成圆。／扁平的身体未及发育，／水光祝福着片羽之轻。"以"鲳鱼"为核心物象，对鲳鱼先做形体描述。《龙头鱼时刻》："大海的两面性／融其一身，雄性的命名／和柔滑的身子。"起句即为对其名称的玩味，而后又引出核心物象"龙头鱼"……以上四例所录诗句也皆选自诗歌的第一节，由此可见，王静新愿在诗歌的第一节点明他所要围绕描述的核心物象。相较于以片段场景叙事开始的"时刻"诗歌，这部分诗歌的起句更具有句式上、结构上以及语气上的微妙变化。在接下来的词语行进中，王静新并未单纯地"采取事物的立场"（弗朗西斯·蓬热语），对物象进行细致客观的描摹，而是在对物象的描述中，掺杂着自己的智力思考与情感指向。

《藤壶时刻》可归为第二类由核心物象展开的"时刻"诗歌。全诗共分为六节，这样的分节安排在王静新诗歌中尚属少数，但我们仍不可将其看作是一首精简后的长诗，而应看作是王静新探索如何呈现"诗歌时间"的一件初步成果。王静新在此诗中并未有意识地将"时刻"指向为对"诗歌时间"的追求，而相对巧妙地以藤壶的生长阶段来推进本诗的诗节节奏。第一节对应藤壶幼虫阶段，第二节对应幼虫扎根阶段，第三节对应藤壶伸出触角阶段，第四节为藤壶大量繁衍阶段，第五节为群体寄居阶段。并以虚实相生的笔调在对核心物象"藤壶"的书写中，不断追寻虚构的、潜在的意义。词语，特别是务虚性的词语，围绕着藤壶的实际情况而生成，情理之中而又意料之外地，找寻着现实事物对象，在言语活动中一个个地飞出，吸附在相应的潜在意义上。因而这是一场词语与意义之间的相互运动，它饱含一种未知性与可能性所带来的符号的丰富感。尽管以藤壶的生长阶段来类比推进"诗歌时间"的方式略显机械，但在其过程中能有效地延展出旁支意义。"如果接受了／浪花的繁殖术，／如果精通了／光线的动荡学，／微弱的星群就会扎根。"以假设句式开始，多角度地写出了藤壶应然和实然所处的生存环境，而在更具有意义延伸能力的读者处，则可理解为人若放弃自己固守的舒适区，而敢于接受更广阔的社会，并善于学习接受新知，人便可在瞬息万变的环境中扎根立足。"而更多的是/黑礁向雪浪的/一千重呼唤。/粗野的永恒密密的吻。/大海晦涩的甲骨文中的/一座座沧桑之城。"其中的措辞结构仍然是由王静新擅长的比喻思维和局部象征思维所构筑的，海水冲击着藤壶亦如浪花冲击着黑礁，冲击即如密密麻麻的吻。海底所广泛附着的藤壶便如难以破解的甲骨文，其小小的躯体饱受海水的冲刷而如一座座沧桑的老城。第四节不仅是对大量繁殖的藤壶群生存状态的描写，而未尝不是暗指人在社会中行走所经受的"密集经历"，社会经历使人迅速衰老，而变得沉默与沧桑。"看海的人/有了石化的片刻。这时，/远古的风推动那只海鸟/更迅疾地逃向天边。"最后一节以人陷入沉思过渡，也是回应了人的视野与思维参与了藤壶的全部生长阶段的事实，人的思绪与思考伴随着藤壶的生长而相继发生。具有主观思维能力的人在描述藤壶的客观生长情况中，不断虚构，附加意义，这是一个意义生成的说服性增强的连续过程。以此便为我们构造出一个藤壶的时间片段，我们跟随着藤壶的生长而沉浸于藤壶的时空之中……最后以一只海鸟逃向天边结尾，这是充满遐想的留白手法，以一种不下最终结论的意义思绪作为结尾，以此展现意义多维延伸的可能。

《藤壶时刻》等系列"时刻"诗歌展现了王静新近年来思考诗歌写作，寻求写作变化的努力方向。他试图在诗歌中展现更多思考和物象的细节，并希冀在结尾处打破预设意义的最终完成形态。诗歌不再以固定意向与凝定性意义的形态出现，而呈现出更多流变的可能，这是言语活动在诗歌中的一次解放，这种解放永远无法在社会实用性文体中实现。

三

王静新在新近诗歌中已开始思考词语与意义的对应关系。他试图调动词语的自主性，让词语负责的思绪浓度与意义指向逐步降低，而将过去那种浓稠的凝定性意义均匀地分散到词语之上。我们在王静新最近两年的诗歌中，欣喜地看到了词语自身闪烁的自由之光。若我们将词语与凝定性意义的脱节行为视为言语活动在诗歌中的一次解放，那么，我们再一次省视这种解放，则可得出如下结论：词语语义上的连续性所带来的均等化语义直接促使诗歌意义的连续性呈现。但目前更为严峻的情形是，在恒定价值破裂的当代，稳定性的连续性意义也遭受了前所未有的挑战；或者更悲观地说，它已经在部分哲人和部分先锋诗人处彻底破裂。词语从意义的居所、物的居所，部分地转移为人的居所、自己的居所。当然，我们不主张，也不可能完成一种无意义性的写作。因为人总会因其意识向世界索取意义，尽管索取到的意义越来越破碎，越来越无价值，但人依然会主动地向文本索取意义。那么，我们需要跟随意义形态的变化而进行相应的写作调整吗？写作方向的调整无论在何时代都是因人而异的，其中包含着个人认识的一种偏见。就个人写作趣味而言，书写中的语义断裂是我把握世界、认识世界的一种方式。

在词语形式与意义呈现的诸多互动关系中，连续性意义显然与语言形式连续性和词语语义连续性的混同有关。抑或说，词语语义上的连续性所致使的均匀性语义分担，是使意义呈现为连续性输出的关键。词语已经在与中心意义的对应关系中获得过第一次解放，如若它在与意义的序列关系中获得第二次解放，则可实现语言形式上的连续性与词语语义上的连续性的相互解链。新的词语形式体现出言语活动的新动向，它要求词语的语义更加充分地认识到自身的自然本性，而不在人为的操纵下呈现为一种连续性的状态，大可呈现出更多样化的持有状态。同时，词语无法反对它自身所负载的语义，它充分支持着"符号必是表意"的铁律。因而，词语所仅能做的仅是破坏词语单位上所分担的语义分量的比例，词语的语义分担不再以密度均等的方式呈现，而是走向了一种不均性。对于语义不均性的考察，应以句子为单位。在单个句子或句子流中，语义的延续秩序被打破，在句子某处或句子流间隔处语义隆起，或断裂开来，从而引起句意的不均感（词语之间的陌生化关系处理不在语义不均性的含义中）。这种不均性，一方面使诗人的感知能更自如地呈现，另一方面舒畅了词语的自然本性。抑或说，词语自然本性的呈现也愿意随从人的主观认知与精神走向所"随物赋形"。词语语义上的不均性呈现在与意义的相互追逐耦合中，也影响到流变性意义的呈现形态，即所谓的断续性意义。不均性语义与其所致使的断续性意义相互"完成"，已出现了不均性的连续性诗歌时间的最终形态。在此形态中，"语义断裂，语感流畅"。"语义断裂"即指词语语义上的不均性与意义上的断续性，而"语感流畅"既指词语形式上的连续性，亦指语音对于感知负荷的一种呈现形态。而这是否是一种很难完成的写作状态呢？但产生意义的方式本应最大限度地归属于自然性完成，特别是对于感知的描摹与呈现，自然性需要诗人与现象建立联系，而非与"人的意象"建立联系。

我们无意在王静新诗集《大海与假象》中，找寻到"诗歌时间"的各种形态。这与目前的文本事实不符，本文也无意于过分牵附。而对于连续性诗歌时间的阐述，我们却不能将它看作是理论上的一种饶舌，它既是我们观看诗集《大海与假象》的一种阐述视角，又可将我们关于词语形式与意义呈现的关系思考引入诡谲的纵深，而并无最终的理论呈现……它只展现一种未来的思考向度，因而验证它仅在于未来，在于未来的诗人处。

2023 年 3 月于成都狮子山

目录

CONTENTS

在此在彼

大海假象

春日截面

（2003—2008诗歌选）

周末的午餐

高压锅的安全阀飞速转动，
泉水苏醒并开始忘我舞蹈。
我感到里面的米结成了雁阵，
飞入你善良的胃的皇宫。

周末的午餐，多么温馨的空间。
像林荫中等候必经的一只小鹿，
果实飞出了鹿角的岔道，
果实，在旅行中打开了暗中的心房。

像一个国王行走在别人的国土上，
我的脸开始休息。
午餐的桌子松懈了意识，
耷拉着桌沿，放松了站立的腿。

瓷器的聚会在沉默中继续，

花瓷碗飘浮起海岸的迷雾。
多么宽广的范围，
洋流披上了淡淡的白婚纱。

桌上还留着一副眼镜。
周末的午餐，流淌出礼物般的阳光，
像一次暗中的祈祷，
给窗外的彼岸花捎来了金色的飞毯。

在水下

随着那搁浅的沙滩，
我们滑向大海深处，
去寻找鱼，去构筑宫殿。

在水下我们褪下那失败的化装，
穿上光滑，在水下听不见坍塌，
建筑在悄悄模仿珊瑚。

在水下我们的语言选择水，
电话选择透明，
我们的火有暗淡的温度。

在水下，我们用鼻子接吻，
也用鼻子听，让深处的寂静
充满了浮力。

十二月

十二月并不想记下一些句子，
它需要洁净的温馨。
它把书从杂乱的书桌卸下，
在订书机的嘴里收集
东一片西一片的纸。

它不需要轻音乐，
像几个散在地板上的硬币，
它不承受价值，
不需要取悦于人，
大家都离得很远。

十二月就像清理了
润喉片、笔和小折刀后的
巨大空桌。一开始，
你尚能在桌面发现

杂物的遗址，而最后
连桌纹也隐匿了踪迹。

十二月，清理出
收据、发票和凭条，一年
已消化完毕，只留下
一个极大的空盒子。
在此不必活得很努力，
也不急于考虑下一步，夜色
已为最后的冥想关机。

截面

现在。

一碗茶喝了一半。

我对一部经典的下文失去了耐心。

它的下文，建筑的待续部分——

一排排立柱的轰然倒塌，

才完成了

现在。

雨中的废墟。

正如这树木已被砍伐，

时间平整地截过。

未来，只不过是看见了它的侧枝。

事实上的分离。

公路和筑路者，

爱情和它的旧情人，

工作与退休者，
只有证据留下来！

啊，截面，
不再增加的年轮。
一盘岁月的磁带，
难得有谁再听。
我但愿在它音符中
会落下顿悟的果核。
就在此刻，就在空中。

在这具身体的不安中

在这具身体的不安中
欢乐已被损坏。
什么样金黄的狮子
都支不起它的卧姿。

我只不过随意翻翻书籍,
就发现了那纸上的病房。
它仅仅容纳了宁静,
欢乐的叙述总被一再要求:"停止!"

欢乐只剩下这两根空闲的手指,
不停地在纸上敲打。像两个
流浪者不断地试探着
悲伤的深度。

不断地跳踢踏舞，跳拉丁舞，

急躁地排演着对身体的冲击，

就像随同一场大雨来临的

尖锐的闪电。

书鱼

昨天，我杀死了两只书鱼，
中断了两次飞速的爬行，
两条弯曲的灰线，
两组腿脚的紧张，两次逃亡。

我把一具尸体推下窗台，
另一具，我则陷入了它。
一顿晚餐的时间，一夜的遗忘，
我拉不出自己的另一只脚。

现在，我赶出来。
用第三次死亡打击它，
用对蟑螂与蜈蚣的仇杀去对抗它，
忘掉它，从精装诗集上吹出去！

这新修的居室堆满了书，

但无法欢迎书鱼。

哎，两种爱让你选择，

我站在了生命的对立面。

潮水

早晨，水在海口弓起了背，
一道绷紧的弧去追赶另一道。
一道弧灭亡，一道弧产生——
在地球另一面，月亮遥遥推动这一切。
它卷动水，冰冷漫过了脚踝，
晶亮浮出沙，筛出更轻的贝壳残骸，
几十年，新沙滩已悄然形成。
月亮继续磨制，继续吞吐和清洗。

夜晚，当月球运行到我们头顶，
多少往事会弓起情节的高潮，
向着每根神经末梢的海角，
一波波汹涌着意识。
来自时间另一面的力量——过去啊，
你是如何安排冲击心灵的弧线！

犬吠午夜

当寂静压平了夜色，
黑暗裹向狗的双眼，
它透视到怎样明亮的移动？
它的叫声要刨出什么？

喉咙蹲踞在无人的山路上，
第一阵埋下基石，第二阵
继续堆砌，黑夜中的爆破
把更大的石块搬上来！

山坳中升起荒诞的塔楼，
一阵叫声的台阶随便地搭建在
另一层歪楼上。如此不安地
晃动，朝向更高的解体。

移动突然消失，
一阵阒寂堵住咽喉，
崩塌的石块砸入狗的沉默。

现在，狗的沉默监视着午夜，
楼房、海港和月亮受到一种
强力的胁迫和窥觑！

花圃

童心的禁地同时也是

童趣的中心，捕蝶的耐心

已经绕了好几个来回。原因是

蝴蝶留恋花香，孩童留恋

蝴蝶闪烁的衣袂，这样的场景

犹如参与了童话，有一大半

用来装饰虚幻。幻觉是，每一朵鲜花

都散发着小典雅，每一朵，都轻盈到失重，

每一朵，微风泄露了它的情绪，样子就像

刚刚从天蓝里收到了情书。承认小花圃

谱写的插曲，就是承认情调的小路

也能排遣困顿，我们的思想

仿佛光临了一只飞碟，惊讶传播神秘，

渺小支持了探求。因而

童心花蕊了一刻，爱心净化了一轮。

午后的散步

午后我走上屋旁的山坡，
海面广阔望不到尽头。
倾斜的光线将山林焐暖，
为一道海峡铺上金银。

落日的时刻正在临近，我转身
面对每株无知的草，我赞叹：
多么巧妙的布局，纹理和叶脉，
入冬的果实，以及我沉思
也抵达不了的枯荣的合理。

在一瞬间，寂静的氛围掀开，
一生中奇妙的一环，空气充实
而知觉遗失的一刻。

异乡来客

比之于你所带来的茶水，
此处的水未能赋形以水的从容。
事物因沿海而不安，欲念如泡沫聚散。
此时你称赞天空的清蓝
与大海的无际，潜台词是
你已跃出了降落舱，
正经历一次惊奇的伞降。
但此地的气候不支持地中海，
情调不安排小折扇和橡木时光。
或许你已不经意地将我关联到水手，
推往孤独的绝境，一种偏心的预设
添注探秘的耐心。而大海淤泥的素材
频繁地喑哑于太平洋的风暴。
潮水吞吐过的神情，太仓促，太空洞。
你的隐形之茶，却预示着一条小河的低语，低至
一根机械表的秒针，于黑夜的大海深处
绵延着那河源的一丝弦颤！

微小的苍蝇

一只昆虫在巨大空间里的停顿。
我凝神于这阅读的空隙：
它细小的肌体在纸上松弛，
它翅膀合拢时秩序的建立，
它表达它的从容，
一个特大的逗点，它精微的卵榫
推动一次抒情，拉出我的赞美，接近美梦的纯粹。

无疑，它比我更快速地占有这页文字，
更冷静，它压低飞翔的激情，
在纸上开辟幽静之路，光束已静止，
语句已清晰，它比我更灵敏地抵达文字边缘。

如今，它早已蚕食无数空闲，它掌控着每一次用心。
为了继续它飞行的迷宫，它又出现在我脑中，
它停顿，它嗅探，嗅探文字和知觉的深渊。

蝉

深夜的无声
仍然属于蝉。
风扇运转的耐心
乃是蝉打下的烙印。
星座的晕眩和月亮的白银
似乎都出自蝉的试音碟。
那源源不断的岩浆
塞住了我的喉咙，
使我送不出第二个词
第二种兴奋。我听到
两百米之外的大海的涛声
也反过来屈服于这遗传的野心——
这隐藏在绿叶间的黑洞。

海鸟

淤泥上的一滴洁白，
混沌中一个精确的数字。
修长的脖子仿佛取自一绺
画中的溪瀑，细足则能
轻易挪移重心。透过那
大海愤怒的景象，一只海鸟
安静得稀有，稀有啊，
甚至站姿也在为优雅填词。
一只腿卸除了重力，
另一只则被孤独缩回空中——
它有理由在时间中
插入突然的变调——
牵引海堤，激动车窗，
中止昏沉的睡意，有几回，
它几乎成为海望的中心。持续
静立，乐曲也将会

降临到灵魂。喉囊的欲望
也许并不存在，捕食只是为了
从浑浊中提炼素洁。它的悠闲
当然也是对海涂上
常年劳作的抵制，趋向于
节假日的一场异地之旅，
趋向于微风中久久站立。
而它也一定清楚自己的尴尬，
是此地的向导，
但绝难成为方向。

车过灵霓大堤

天色迅速暗下来，
车子经过的油菜花地，
经过的大海，暗下来！
每一秒，灰色压低头颅，
暮色中强烈的温馨松开来。
睡意来临了，海水巨大的眼睑垂下，
犹如暮年人无语的大手放下。

抵达的秒针在加速，
岛腹的孤灯，亮度在增加——
渴望似乎有个明亮的终点：
那座斗笠形的岛屿出现，
它海平面下的脸孔
幽蓝而清澈——并在多少年来
出演过渔夫归航的喜悦，直至喜悦也暗下来！

车座上方的灯盏仿佛清晰的室内乐，
但窗玻璃中的景象暗下来。
抵达的想象暗下来，红色的车子暗下来，
体内的鲸鱼暗下来，每个人的狮子
嘴巴闭上！只有偶尔的迎面的车子，
像载着无边大海的座座巨浪
燃着刺目的车灯，疾驰着西去！

在此在彼

（2009—2017诗歌选）

大海和远方

在山坡上，我注视着潮水涌来，
不竭的激情扑上沙滩，泼向礁岩。
仿佛每一条波浪，都是从远方
掀来的一页经文，在日夜的
诵念中，真理缓缓颤动空气。

不要厌倦这样的下午，做辽阔的
读者，平静地面对无涯的拍打。
一艘艘船翻越海平线，运来了
陌生世界的消息。我走向海边，
仿佛梦想的土著，心醉于郑和
带来的帝国的瓷，以及一座城市
灿烂的星辉。并用幸运的手脚
接受远方的一吻，向大海交出野心。

浪花的光荣掏空我一天的平庸。

直到那一天，我的头脑昏沉，
远方如一副骨牌在眼前倒下，
直至双耳失聪，我的心
像一块经过远方无数次洗礼的
礁石，秘藏起大海无边的肃穆。

大海，迷雾中的诗

大海的闪光熄灭于流动的画布，
我摸着裤兜里的硬币，无声的雨
正落向大海。浓雾推动虚拟，
然后虚拟消失。每一处都是
漫游的中心，每一处都酝酿着突围。

混沌教给我满眼的无知。多少年，
海岛让我生活在荒原的中心——
篷船已失踪，木桨已丢弃，
大海照亮过的男人都化为
沉默的囚徒：嘴如蚌壳紧闭，
心似海盐腌制，无论未来和往昔。

失踪的海，在一念中远远闪耀。
它无边的风景，浮在遥想的边陲；
它太多的秘密，正被巨轮运送；

它受潮的夜晚，唤醒语言的起义；
它推动着激情，烧穿岁月的咽喉。
我失语，为了迎接鱼卵般无穷的繁殖。

我摸出一枚硬币：虚化的大海
在一面，漫长的雨季在另一面。
雾中的海，呼唤诗句如未知的银鱼
穿越万顷波涛，带来了受孕的暗喜。

堤坝旁的海鸟

海水上涨已漫过了新填的路基，
在海中的砾石堆上，挖掘机
有着巨人的困窘。而附近的海鸟
已选好了一小片浅滩。
十多粒白，点缀着
破损的海面。铜镜，一小面
就足够了，意境已涵括了
时空悠悠。一种纯粹
几乎无视冒烟的机器。
就像随身携带着几套
换洗的羽毛，不慌不忙，
优雅的信心几乎要把你刺痛。
它们也有理由藐视电线塔
和沉重的大卡，并对物质的
所有假象表示出不屑。
是的，假如它们全部飞起来，

就会轻易地派发远行的乐趣——
一打打闲情之城将卸下
你的困顿。明信片也正从
宋朝出发，十多位信使的轻骑，
翻过了若干世纪，为你增订了
一册落雪的异域。

乌贼

隐匿在海水中，仿佛半透明的花朵，
它们集合，精灵群舞。
但舞台是鳍刺的暗流和利齿的武库。
没错，柔就是秘籍，它绕过了锋芒，
几乎是水做的舌头，几乎是妩媚的爱。
另一种情形是，食欲卸除了它多余的辎重，
膨胀的胃外翻，吞掉了一半自身。
湿滑黏液流布于外，像为了消化一座海洋。
又或许无涯的凶险就藏在它的墨囊中，
世纪重重叠叠，它收集着大海的幽暗，
从无穷的元素里一点点酝酿黑。
啊！是那些凄苦的游魂，
为它女妖般飘摇的秀发所俘，
当危机逼近，围困的游魂被释放，
成倍的死亡气息，遏止了死神的降临。
它完成了一次逃逸，搅浑的水墨达成了智慧。
我还爱上它掌控灵魂的美味，
舌尖抵近牙齿，轻轻发出：乌贼，乌贼……

观望一只鸟

我路过草丛的时候，
一只鸟正逗留其间，
它的跳动震颤着枝叶，
小空间被反复搜索，尖喙
一点点啄开早晨的新鲜，
好心情隐约递送。这只鸟
找寻着我无知的东西，这只鸟
无关于世界的新闻逸事，
夏季的风吹来了大海的叫卖声，
但这只鸟转身投入了绿叶的迷宫。
如此灵活，远离了观察和叙述，
看不见的身影绕开了几个动词。
忘我，已使这只鸟从世界上
暂时消失。我的脑海出现了几种期待，
就像几片云悠悠飘来——有时候
也可以这样进入生活的密林，
收集几缕光线，几朵蘑菇，就像这只鸟，
没有了踪迹，但还在收集着兴致的果核。

在高速路上，一场雨

电影在车载电视里起伏，
睡眠在隧道与阳光中明灭。
悬在牌局中的男人，
沉迷于手机的女人，都在
注解着旅途愉快。而车窗外

静止的白云正把惬意注入绿竹，
一辆邮车在颠簸中通往某镇，
（像剪自一部电影的熟悉的片段）
几个广告牌站在山坡上，
正从风景的银行里透支。

平行的世界在高速路上
轻快地闪过，来不及
沉入你的观察半尺深，就这样
绵延的风景和事物在退去、拉伸。

站在那破败的阳台上，你反观
这辆旅游车在高速上驶过。
一阵骤雨，正把无关的景象
缝合到它更广阔的范围中去。

在虎园

透过巨大的钢化玻璃，我看见了这只虎
正沿着人工河岸缓缓走来，像行走在
剩余的尊严里，游走于无物之处。
在玻璃的一侧，与它平行，这么近，
我几乎要触及百兽的闪电。斑纹起伏，
透明也几乎在力的波涛中消解。紧跟着
不安，我敲着玻璃要求它慢下来，而它
早已饮惯了孤傲，走得冷漠而不屑！
我追上去，在钢丝上小跑，并在瞬间
卡入凝血的一秒——它的刺客一瞥
凝聚了乱世的寒匕。止步于一只虎的逼视
并不可耻，我停下，松开一根亡命之弦。

那只虎继续巡视它行动的边界，
它拉下了影子，拉下了另外一只虎的倦怠
和关于丛林的记忆。我想起了多少人从乡野

移民雨后的新城，状如浮萍，失魂落魄
却倔强着野生。就像这虎，囚身戏园，
却还在偿还着群山和莽原的高利贷。

在宗祠祭祖大典

香火缭绕，同宗的男人们
穿行于开裂的地砖。
二胡和钹将祭礼中的呼喊推高，
仿佛岁月雄壮的回音，仿佛
空气中还沉淀着时光的酵母。

排行论辈的一刻，人头
亲密如枝丫，你环顾四周，
倾斜或削立的前额，
络腮胡子或某颗突然的痣。
这千面神情，如此多样的叶子
是怎样发端于同一棵大树？
你此刻的沉默又是何处的复本？
在怎样的黎明，你接过了冥冥中的自我？

餐桌上，夹菜的手似曾相识，

一双耳朵的轮廓让我更确信，
我的祖父还活着，他会从近百桌的
筵席间起身，饮尽喜悦。
尽管他一辈子没离开过
生活的村庄，也一辈子
没来过这座已成博物馆的宗祠。

在大鹿岛

没有鹿，野山羊将我们
认作了外星客，它的追踪
在高处隐没。三小时徒步
一座岛就现出两种意境——
半片幽深，可以寻隐者；
半片决绝，或可以别壮士。

在深幽处，我赞叹拓荒的知青，
半世纪了，林中的伏笔仍荫庇着行人。
而山岩上印满了风的手掌，
西风起，就把苍凉
分派给绝壁和羊的胡须，
我被幽谧里释放的空旷惊呆，
像一只鸟初次飞离鸟巢。
疾风掀起我内心隐秘的线条：
如果我突临悬崖，如果我骤降沙漠，

我的情感会有更多波澜吗？

站在大鹿岛的无名石亭中，
此时我想着另一个自己，
在小镇的鸟楼间上班下班，
买菜，看晚间新闻，
双眼聚焦在几米之内……
想到他蜗牛般的一天，
我就更强烈地感觉到，在大鹿岛，
生命正被千里云霞烘托着。

鹦鹉的语言

鹦鹉的华丽封锁在铁丝网内，
一截木头的单调支撑起无声的美。

森林已远，危险无迹。伴侣已定，
它没有迷途也没有艳遇，华彩已成累赘。

语言也曾闪烁如色彩，但俏皮话已经说够，
它什么都不说，久久地练习思索。

熙攘的游客，用相机抽取它的尊严。
它更为节制。显然，它不同意
这越来越冷，却还在铺张情感的外界。

光线远去，花丛远去，
鹦鹉囿于简约的自我，它的焦虑渐渐稀薄，
它长时间蹲坐着，鲜艳的话语开向内心。

秃鹫突围

一网之隔，狼在寻找旷野的通道。
狼屋一侧，秃鹫醒来。

谙熟灵魂的分量，为抵近天庭，它甘食腐肉。
而铁网封掉了天空，灵魂搬运已休业。

蹲踞树下，它注视游客往来，
它职业的阴暗，审视着灵魂在欢乐中轻去。

除此之外，秃鹫没有别的安排，它像裹着
黑袈裟的苦行僧，在万灵的渴望中老去。

那只狼更加焦躁，在铁网内徒劳打转，
秃鹫清楚灵魂的另一通道，它冷冷注视。

一个雨季即将来临，秃鹫的羽毛正在掉落，
它的背更驼。它俯瞰，它要在更深的地层寻找
万丈悬崖。一声尖叫，它将穿透地狱飞去。

鹤的优雅

往优雅飞去，鹤比其他飞禽做得更好。
年画上，松树托起它滑行。
明月抽出一截云袖，和它比轻。
代言长寿，它比乌龟上镜。要得道，
还可以向它赊一钱仙风道骨。

铁网后的鹤，让人的庸俗凸显出来。
向它借阅，湖水就为观者洗心。
听它演奏，秋风就能开启琴匣。
要曼舞，鹤的长腿，就让周围的脚步全乱了。

但动物园的鹤，已向温带妥协。
它必须面对买门票的游客。
他们太近了，赞美弥漫，
他们有情感的沼泽，用雪花酿造鲜啤。
鹤的清高被路旁的段子烧穿一个窟窿。

鹤，会客时间太长了。

还好鹤拥有优雅的权利。
就算北方冰雪全无，鹤深深睡去。
它的优雅亦会轻轻起飞，翻越消失的自我。

在龙湾潭

一

垫步前，碧潭中的圆
次第开张。溪鱼在透明里
拨动圆心，就有一沓套圈，
把你套进晨光。

每个点都在无中生有，
每个圆都在越过边界，
宁静从溪鱼的兴致里繁殖，
山间便有虚怀，落子明镜。

分享鱼的庄子是不够的，落伍者
还将循入蜻蜓的闲笔。
飞往连瀑间的停顿，鱼卵
已波及几层水的平台，请你
接住那自然的一滴重生。

二

落叶搁浅于腐尘的冥想，
娃娃鱼如隐士的半片宁静，
在平静里，承受天命。

万川埋伏于一颗缓慢的心脏，
山水的宗教，开始分支：
一支向着怀古的腹地，
一支迁往无边的海岸。

三

岩石从沉重里出走——
一段河床石已易容为锦缎。
卵石在阳光的掌纹中小跑。
情人峰下，为了内部的蝴蝶，
两块石头拥吻。

在山谷尽头问路绝壁，
它折叠的心思，带你到云中。
你真的收到了幽谷的一串翡翠，
从远山的宽厚中递来，
为你除尽体内的淤泥。

四

栈道伸往秋天的高台。
绝壁上，雄心太虚伪。
一片落叶飘下，略去了
胸前的万顷浮云。

绝壁上，楠木低调，
桉树带刺的叶子很有礼节。
一万年移动一小步，攀岩的植物
陈酿的恬静也滴下来。

台阶脱身山水，
向碧空伸手。一条玉带
因而伏笔人生，在脚下
它将撒播山川的自足。

与高宇在木栈道上所遇

仿佛是鸟鸣把台阶搭向山顶，
防腐木结实、牢靠，如此行的目的。
稠密的铁线蕨为我们引路，
用大片的象形文，心境犹如访古。

还有满树野红果的安静，给予
我们小小的富足。这幅秋天的油画，
将在背风的缓坡上悬挂很久，
直到初冬的阴云在心底散尽。

落叶也并不急促，一路盛情，厚软，
已为我们打好了腹稿。细雨钻进木头
就不见踪迹，接住雨意的瞬间，
四周的微风晃动了山中的开悟。

那根占用我们很少视线的松针，

和从木头缝隙伸往这首诗的无名草，

是它们在困顿的冬日挽救了敏锐，

也惠及我们突然而短暂的一生。

春天里的风筝课

要有做风筝的女子，
一同切题公园的梁祝。
要有瑰丽的色彩，
染遍无纺纸上的春风。

幸福，譬如时代的结婚证，
早已疑点重重。
爱，要向传统求证。
故事已滋养了千年，
旧手艺还遗传着旧光阴。

好时光啊，看那些褪去现实的皮
而露出少女心的中年人，
用明胶、剪刀、线条赶制无邪。
心意很轻，仿佛人生如初见，仿佛
早已超越了悲剧的结局。

在宝石山中听江离谈诗

树下，阳光降低了语调。
行人正从篱笆后面上山，
几把折扇和孩子举过肩头的
矿泉水在竹格中闪过。

树叶也在所有息屏的手机中
摇曳。一种意趣耐心地把句子摘入
温水中，我们喝的龙井、菊花
也添入了一小勺西湖晴光。

几枚塘栖枇杷散漫地滚动着。
剥去柔韧的皮，甜味引入了
一层更新鲜的意义，在顿悟之后，
句子推开了云朵隐秘的门。

已到了游湖的时刻，人群正熙攘地
汇入晚风。而我们的游兴像几粒
乌黑光滑的枇杷子滚落，在宝石山，
它们已成为一片枇杷林的伏笔。

与友人在南尖岩观望星空

山脊默然，
夜幕下犬吠零星，
银河无声地流过瓦檐。
头顶繁星，脚步
就无限地迟滞下去，
连二十年前的一次观星
也近在眨眼之前。

夏季大三角忽略了传说
和那个刚刚在星空里
找回童年的女导游。
我们没有像她那样
试图与某个星座建立联系，
也没有加入她多年前带过的
观星团。对星空而言，
所有观星者也许都是同一点。

一颗流星在眼前划过，
带来夜空短暂的问候——
命运可能也微不足道。
我们从观景台下来，
向农舍走去，恍若穿过了
巍巍群山和若干个世纪。

到竹屿去

风波中，扁舟中，他来复习大海。
海水的狂欢抛掷出鸥鸟。
鸥鸟让木船的摇晃更加惊惶。

在船头，大海的呼吸化为
迎面的水弹，驱赶着看海的人返舱。
他内心有世代的坏情绪。

他好久没坐过木船了，
摇晃在更旧的年代中，
他也要把深处的盐晃动起来。
让自我在苦水中流放。

到竹屿去，他即将擦去
梦幻之旅中的一个盲点。
到小小的孤岛上去签收
一个贺卡一样的日子。就这样在路上，
趁大海明亮，趁风浪没起坏心思。

在竹林

——致池凌云

这里的竹子也是前朝的烟云，
蜂拥的温柔，孵化过一千顶斗笠。
这大地细密的编织术，仿佛
真的还贮存着来自净瓶中的甘露。

每一株竹子都茂盛若另一棵，
自然均分她慈悲的这一面，
山野已悟透天机，因而
穿过竹林也将解决世间的凌乱。

我将行进在密集的藤椅间，
也行进在竹帘的迷宫里。
当我彻底静下来，就走动在竹简上，
仿佛低处的阴凉和竹尖的明亮。

也许竹子和人有过最初的一吻——
箫声的水系，早已创造了南方的
无忧学。日子都嵌回竹枝词里去，
暮蝉响起，它的铜哨解密了体内的竹节。

在油菜花田

花瓣的天真飘浮在阳光中，
一只蜜蜂有着肥胖的忘我。
穿过了烟云，仿佛
重回那炼金的年代——

岁月封存的无知
在花田边缘启封，
倒出那些采下的酸果，依然
那么酸，就像邻村女孩失踪多年
而滞胀于孤寂中的刺。

中年的这天，沿着田埂
深入花田中央，一万次的摇晃
出现在镜头中，它们真实吗？
纵深处，我们只是自取其辱。
两只蝴蝶的苍白也同意
它们是举向初春的两面小白旗。

听涛入夜

为鹅卵石，脱去皮鞋，
进入浪潮翻译过的语言：
每一颗都光滑顺畅，
每一粒都平息过海洋的愤怒。

夜晚在三面悬崖前
留下这张明亮的曲谱。
仿佛永恒搭建了精致的客房，
欢迎一刻虚无入住。

涛声高过了自身，已筑起喧嚣的防线，
无边的星图已搭起帐篷。
假如此时有人给你来电话，
就让他听听宇宙的邀请。

所有陶罐

　　——为余退家花圃而作

所有陶罐
都保持着冷却时的形状。
月色加深着静物的自足。
茶花、宫灯、宝莲……
解出了一组沉寂，几十种
美的小手雷在空中繁殖。

没风的时候，
藤萝和瓷纹连成了一体。
寂静也开始改造
一个人植物的那一面，
触觉投奔了多肉的手指，
听觉遁入金钟，
走动，却走不出一节木头。

花开的围城将持续
几个月。而只用一刻钟，
一个人的衰老
就仿佛不曾且永不发生。

一个雾蒙蒙的早晨

一个雾蒙蒙的早晨，
两个背包的人朝着前方走去。
穿过一个十字路口，在别人的
睡眠之外平稳地前行，仿佛要
进入一座迷雾的森林。他们准备
将劳动搬到森林里去。许多年来，
草叶上的露珠在等待他们
陈旧的裤管。山坡上的草木
已乱成了解不开的谜团，
他们就是两件铮亮的农具，
就是两支还乡的钥匙。
在他们消失后，中巴车才带动
城市运转。一阵雨
在雾中落下来，让其余的人
头顶蓦然沉重起来。

过村庄记

院子荒废于迁徙，仙人掌在细雨中
明亮。植物的欢迎突然亲切。
菊花伸出纯金之手，要带你
回到一个领悟过烟云的清晨。

陌生的沉静除却杂草，
休整枇杷树，重现风水学
观照过的布局。庭院、围墙
和山坡的荫庇正召见一颗晨露之心。

井水漫溢，像等待一刻钟前
汲水的人返回。晾衣架上
气息渐浓，也许是清香正回溯
一次洗衣台上的劳作。

虽然门窗几乎封死，暮色
仍然温柔地降临。树下苔藓蔓延，
突然一个老人目光询问着，
以为是被草木放逐的人回来了——

在"轩之缘"想起大海

博古架上的青瓷泛起
夜虫的雪片。必然有流水
穿过葡萄园。彩釉中的
一树桃花飘落源头的召唤。

两小时车程,我从大海
来到鼎湖村。匈奴人用
几百年从塞北沙海
麇集到多瑙河畔。一样苍茫的背景——

大海和黄沙从地心涌来——暗夜中
是赌徒在接受流水与瓷器的考验。

此时身陷一张藤椅,
内心的柔软将分裂大海。
而如果为一个青瓷灌注风暴,
它也将在狂野中化为齑粉。

清晨，在海上

甲板的空气，
像要将细胞挥发作一口陈酿。

有人在修剪蔚蓝，
而辽阔正让镜头缺憾。

在逐渐单调的移动中，
岛礁的命名显得苍白：

两片断刃合拢为斗笠，
一屿虎头露出温柔的坡面。

许多船舶正在交会，它们
是黑点、城堡，还是时空的支点？

那戴墨镜的女孩令人疑虑陡升。

她的红衫如一轮红日被浪涛劫持了多年。

即便上岸、回城，晃动还在交织、叠加，

我们只是穿过烟云，穿过一生的错觉……

往大卫岩而不至

而这一次，我们领着
几个小孩，在茅草、苍耳和
荆棘的拒绝中折回。

一个独身渔民斜躺在
废掉的洗衣台上，
晚秋的柿子树看着他。
"大卫岩已去不成了"。
我们从村庄退向礁岩。
几种海螺引着孩子
攀入密密麻麻的惊喜。

返航时刻，风浪喧嚣，
大卫岩冷峻的面孔
正在告别落日。

破败下去的村庄里，
那些留守者的舌头也会
萎缩、打结。这里没有
孩子的铃铛晃动深深的记忆，
俏皮话或训斥都已漏过黑夜，
剩下的方言形成一片无痕的沙滩。

在薄暮中

——为祖父而作

我穿过荆棘与草丛来到你
山野的墓前。杂草遍地，蚊虫出没，
夕阳穿过树丛和缠绕其上的藤蔓，
照进你每天的自然。

正如你中年丧妻，余生黯淡，
被褥阴潮，补丁的线索一年冷于一年。
与大海决裂，你种下瓜果，
从植物的光芒中获得了慰藉。

某一年，受一位唐朝将军①指引
你为迷茫的村民占卜，孤独俯首使命，
在卦象中恳求仁慈，云上的目光
或许照见了广阔的悲喜。

直至黄昏骤降，昏暗合拢。
我梦见你成为慈善的陌生老人，
仿佛正为别的世界所爱。路旁，
一株旧岁的丝瓜，代替你缓缓告别。

蝉嘶鸟鸣，以及此处的每一种天气，
都像披在你晚年的一件衬衣。
你睡了，衬衣将晾晒在空中，
夜晚的风久久地吹拂。

①唐代开拓闽南地区的将军陈元光，是闽台地区重要的民间信仰之一，被奉为开漳圣王。民间有祭拜他的庙宇，许愿祈福，祈求平安。

大海假象
（2018—2023诗歌选）

海边岩石时刻

面对深深的荒芜
为什么我们来到海边——

大海不断揉搓巨岩。
浪潮把盐
撒入它丰富的褶皱中。

躺卧在这凝固的道袍上，
感觉到时光在潮汐中变得静止，
只有一种伟大的贫瘠，如此宏阔。

石缝间一朵紫花观望着
无边之蓝，纯粹得没有杂念。

放眼望去，大海庭院空无。
唯有波光闪烁不停，
为一种至深的简朴作序。

海神时刻

——为父亲而作

在超市货柜旁，
父亲间隔二十多年，
再次抚摸我的头。

他的手指如晨光
移动在记忆的原野上，寻找
不羁的少年，几根白发一瞬间
让我俩同时怅然。

这么多年，衰老仿佛
丝毫未侵犯他的脊梁。
立在船头，他仍然像
藐视一切风浪的海神。

在新城，他显得缓慢

和拘谨，陆地似乎在晃动。
为了保持一万多个波涛中的日子
稳定，他一再延迟了退休。

这一个冬天，我要为他
买一台割草机，在刀片中，
草尖的阳光晃动着——让他
爱上另一座波光的神殿。

青草气息泛滥在
村庄的午后，大海只是
他刮胡须时的一面旧镜子。

理发时刻

头发撒落了一地。
电音的节奏激越着，
那外来的乡村少年正步入阳刚。

而过短的裤子
和旧牛仔衣已不适合他的骨架，
愧对他内在的棱角。这些都被
一起裹进宽大的理发布中。

正是一首女声的环绕
在吹风机的间歇
激起那金色的理发布
不住飘飞。

为那镜中自信的目光，
和小城即将迎接他的

某一种夜色，某一种气息。

他不断地打量发型，
就在额骨之上，紧随着
所有激情和梦想。

刀剪推动着自我的舰队——
他将无所遮掩，无所顾忌地
进入大海闪光的正午。

换心时刻

有人决定第六次换心，
第五个心脏一阵颤动。
新鲜的动力像阳光
涌进他的血管。
有人也给山川、原野或沙漠
更换神灵。一小片"希腊"
给平原打补丁，一小片"巴黎"
风情多雨的丘陵，一座城市笼罩于
杧果之光里。云朵的反对派
想泛滥，但光纤已接通了明月和原野。
排异的过程是一样的——
那个女主播正推销着时尚着装，
有一万多人享用屏幕内的夜色。
也就有一万种紧迫，
让那水中人呼吸急促，
让那纸中人坐立不安。

星图时刻

散步时看见的北斗星
也会在窗前看着他。

还未认全的字
领着他观看一张张
星图。为了说明
星星奔流的空间，我们
努力感觉存在之小——
人没有一点大，
岛没有一点大，
地球也只有一点。
而夜空的谜，需要一扇扇
门，一串串钥匙。

直到有一天，
他举着绘本

朝我喊——
我知道牵牛织女星啦!
仿佛他是银河中的
一个摆渡者,
正在冰冷的河面
热情地划着桨。

群星泛动,
孩子,让我们
在星星还那样友好的年纪,
和宇宙握一次手吧!

鹅卵石滩消失时刻

从悬崖边向下看，
鹅卵石稀少。
一小片创伤的沙，
裸露给新来的朋友。

潮水内部的掌声消落，
雪的浪涛里亡去一匹白马。
为打造新风景，
绕山栈道还需要更多水泥、沙石。

穿越岛屿开发中的一端，
密林里一阵突然的酸腐，
一匹马骡陡然出现！

秘密的驮运者
对自然之席的割裂毫无知觉。

我们也遇见几个
悬崖边的筑路工。
大海浩瀚的庭院，
劳作多么徒然。

浪潮耐心地打磨着
无边的崩塌，面对
海边阴暗的巷弄，时间在
光滑的卵石这一边。

贝壳时刻

双重幽闭在岩缝里，
可爱的自我
只要一点点浮游微粒。

捕捞季的到来
像一个怀着犯罪快感的食客。

翻炒之时
石头在锅中
坚持，也是石头
在锅里放弃。

无人哀伤
石头内部的痛，
贝壳的眼泪在
逐渐关闭一片片海。

旅行团则在展览中发现
它们的壳也可以是
工艺画上飞鸟的羽翼。

看海的人，首先是她衣服上
一粒贝质纽扣对着大海闪光。

龙头鱼时刻

大海的两面性
融其一身，雄性的命名
和柔滑的身子。

如同水汇入水中，海水
因而忍受着从鱼的身体中
缓缓渗过，忍受形体的膨胀。

多排的倒钩细齿，
不可逆的吞咽。两三只鱼虾，
乃至消化另一条龙头鱼。

这也是海水参与了多重的吞噬，
让无数的龙头鱼打着
命运悲伤的水漂。

龙头鱼被成箱地捕捞，
但它们不是死去，它们
只是返回水，回到灵魂那无涯的容器。

藤壶时刻

一

严酷的海岸，

密布的锥堡群，

起自随波逐流的毫米幼虫。

二

如果接受了

浪花的繁殖术，

如果精通了

光线的动荡学，

微弱的星群就会扎根。

三

更敏锐的触角

将入住鲸鱼的旅舍，

钟情蓝色的航程。

四

而更多的是
黑礁向雪浪的
一千重呼唤。
粗野的永恒密密的吻。
大海晦涩的甲骨文中的
一座座沧桑之城。

五

双重之壳
寄居心的幽暗。
无数石头的眼睛
探视你的明眸。

六

看海的人
有了石化的片刻。这时，
远古的风推动那只海鸟
更迅疾地逃向天边。

牡蛎时刻

无边海岸的
莽荒吸引着钙质聚拢——
流动，堆叠，守护内部的混沌。

放弃了个性，没有"我"，
一个屋顶是另一个的眠床，亲密地繁衍
柔弱向着钙之森林深处退却。

固守着动荡潮水中牢靠的哲学，
哪怕外部的变迁搅乱了岁月，
密闭依然有效。

当它们微微张开了壳，
浪潮催动着浮游的微粒进来——
这大脑的雏形牢记着远古的要求
收集微量的甜美——
此时，天空有什么用？
明天又有什么用？

带鱼睡眠时刻

拖网磨损的银甲使大海
在街头，在小贩的吆喝声中
发臭。一排排网箱中的带鱼
不像它们在深海时
能用几何学的睡意
为大海疗愈深渊的宁静。
扭曲破肚的带鱼也不像
闪耀于水光中的银刃
直直悬垂，水晶宫的
幻象升起，在险境中
配置了隐身的插曲。

小小鲳鱼时刻

银色的海水之叶
在盘中环绕成圆。
扁平的身体未及发育，
水光祝福着片羽之轻。

"才多小啊!" 一百次惋惜
泛动仁慈。有限的成长
受到禁渔期保护，
也许死亡率已降低。

每一枚银镖
张着无害的小嘴。
精致的舵手曾在水中
迅疾地转身，吸水
一群虾米的末日来临!

剖开鱼肚，挖掉

小小的内脏，咀嚼着

不多的肉和细密的骨。

现在，是一座大海的无常

被我艰难地吞下。

摄影师离席时刻

走出饭店这一刻，荒野的空气
充满了越野车的肺。
他有地方可去，现身于
一片空旷的电子云，
一枚琥珀的"朋友圈"——
端出了蓝色的海岸。

金色阅读时刻

——给 X

远山包围着卑微的屋宇，
铁轨的锈迹中，火车往返
牵动十八年前的一次背弃
和归来的失落。

乡村的衰老几乎
像张考砸的测试卷，
几枚辣椒让你心头一热，
像几个红叉暗燃着一串后悔。

寻找一个真诚的
逼视，给缓慢的故地。
天真的暴动虽然不再
更改什么，但它确切又苍白地
反对着庸常的围城。

用远方的羽毛笔
在曲折的巷弄里写着
简短的信——
那街区的缤纷因此
围绕着你，穿越宋词的回廊。

当回归的狂想触及
金色的底线，动车启动了
一个休止符。也许你是对的，
因为前世的断片，因为
你的随着一曲《梁祝》上升的
完美主义！

地外时刻

压路机碾平的路面，
散发着午后的热浪，但——
停止地球时间。空中的比萨
在等待热切的烘焙。

城市不断翻新着边角，
蝴蝶的纪念碑不断破碎在粉尘中。
拱形的青春门廊，
河流拍碎的手掌，索要着
拖欠水星的一笔旧账。

转机在掌纹中惊现，
你现在可以注销它——
接受一次明快的邀约，
请启用太空舱和大海的落地窗，
为混乱的街区定制

一座太空花园。

一个脱离自转的
信念饱满的时刻。
心跳叠加，楼林四面失重，
话题自成园林，词语
正朝着雪花的无语奔流。

请享用一顿蓝色的早餐，
请保持星座小小的洁癖，
请徐徐地用银河云擦拭
一颗水晶心，为所有的地心人。

候鸟飞临时刻

摄影者埋伏在灌木丛里，
沉浸在澳大利亚
至西伯利亚的鸟类通道上。

在飞鸟入水捕食的瞬间，
按下的快门
随后也接收到了北方的信号：
那翅膀上的斑纹如一片白桦林
闪耀在夏季里。

另一只鸟或许没注意到
这彻底融入了灌木的人，
歇在离他一米左右的枝丫上。
这封热情的信件，
已带来了亘古的问候。

整个春季不断地受到召唤，
他的耐心就像河口的岛屿。
在日落时分，他折叠好三脚架，
脱下迷彩服，并发动汽车。上述动作
和红嘴鸥的双翼保持了微妙的平衡。

道坦岩时刻

——赠臧棣

巨岩仍处于一刻伟大的停顿。
因此你参与了
火山最后的倾诉——向着
海角的粗重一叹，含铁的
岩层没有植物的修辞，也没有
入世的动机。几亿年了，
狂野的大海容忍着
这幅巨画的率性。
在岩浆的尾音中迈步，看——
滚烫的排比句已布置出
空中的石床、石枕，
邀请一种睡眠，把梦
做到旷古中去。也邀请你
重返一种坦荡的喜悦，看——
玛瑙似的红石乳

在海水涌进的岩壁上
一颗颗悬垂，大海以非常的惊奇
盛邀你，用攀岩的真趣
掀开一册天涯之书。

太空行走时刻

空间站悬空于
蓝星、太阳
和四周的寂静。
航天员臃肿而徐缓地
出舱。忘却地上的纷争
和战火，不再受限于
历史的盆景。浮，
将首先创造一种
太空的伦理。像
一发萌芽那样闪光地迈步，
未来或许会发端于
他的太空语录。

就像新大陆刚被发现时，
大海前所未有地发蓝。
现在，新视野加速了
未来的迫切。

祖父的气味

它们仍悬浮在那间搬空的屋子

久久不愿离去，还在确认着

床和衣柜，期盼着源头的补充——

那呼吸，那夜间的咳嗽，

那来自老迈的风箱之内，

大海浩瀚过的肺。这些微粒

或许会想起第一次出海，

太阳和盐的汗珠在闪耀，

蓝色的空气将其催熟。

但现在不能去任何地方，

一片山野的荒芜在召唤，

不能再亲近一株古榕，

不能轻吻一朵番薯花，

或跟着一双泥足返回水洼。

可是已然失魂的气息，

不会像老人的衣物那样

从木箱中搬出来被烧掉，

只会弥漫着——

为箱底那件鲜艳如新的嫁衣悲伤，

为鳏居者的烧酒汹涌着……

所有人都掩门离开了，

其他的杂物堆进来。

它们才渐渐地从房间里退去，

乘上记忆的篷船，去往一座金色岛屿。

醉鬼的灵魂

那醉汉从电动车后座下来，
飘飘然至斑马线一端，
又踏云折回，
再次和送行者道别。

亲爱的夜
当着所有红灯前的车子，
为他消解了身份。工服宽大的下摆
恢复了一种山野的襟怀。

通过迷离的双眼，
僵化的高楼
也溶入了他知觉的淀粉液——
此刻，一种真诚
在彻底放弃自我的形体。

伟大的喜悦就像

从意识的沉疴里出走的明亮的千帆。

哦，这醉鬼的灵魂，大同的人间（如果在）

也将因你而受到补益。

茶器与自得

——赠蔡瑭兄

叶片的细脉舒卷水袖，
茉莉的微粒自水中跃升，
倾溢出山野的精华。

当唇齿触及茶器的边弧，
像不朽的磁极接合，
悠悠像千载的遗产，
让我们泛舟在虚幻的

秘境。驶向味觉的绿洲，
龙井的处子，普洱的暮色，
老白茶的向道，一切都涌入
笔墨的光泽——
南山漂浮于隐者的幽盏，
天下在儒士的襟怀里透明。

这植物中的日月也流经
钢铁或数据所逼仄过的感觉，
就像一骑游侠在匡扶
幻象中的正义，而茶器
恰似它的一面古盾。

严子陵钓台前的醒悟

暮气催动他体内的深秋，
岁月即将卸重，
他登高的热情在退却。

从个人史的峰顶下来后，
榫卯松动，提携过他的人
和他器重的人
都陷入旋涡和丑闻，
相互间的担保也失效了，
新的高楼在前方已连成一片。

那么多人怀着洁癖
到眼前的江水中洗耳抒怀，
并碑刻不朽的心境。（但有时候，
信号传到宫中时，意义已然相反。）

不管如何，双手掬起
亭下的井水时，冰凉的静谧
让他放心。但来得太迟了，
他感觉他的心封闭在
往事阴暗的道场中太久了——
是一截腐木中的奇窍。

爱书者之路

有人把秩序
从餐厅恢复到阳台，
信仰精简的快乐。

障碍在于书房一面堵心的墙上，
木板弧度所引发的同情
需要清掉那过剩的、沉迷的分量。

这些书籍看着
那无度的购书者自食其果，
看到他在双手的迟疑和目光的愧疚中
从个人史的乱局中溃退。

而嗜书者，看到
这墙壁出现了新的空白，
像荒野中的一条小径，
轻装中，他感觉到又跟上了
一匹隐士的慢马。

失踪者的房间

两个不速之客
穿过雨，推门而入，
从木梯的不安中走进
空调的长叹和日光灯的漠然。
抽屉里的几盒药片
与墙上的黑色外套一起
承受着春寒，仿佛
要放弃与所有知觉的联系。

三十年前石屋新建，
但查账引起的失业
注销了主人临近的婚期。窗户
目睹了门口那张旧照中的脸
一年年被抑郁磨损、打击。

两个人黯然离开，

死讯在两天后传来——
冷雨已在某片树林中
连日侵袭死者。

或许在迎接访客之前，
房间已陷入了无主的悲哀。
那四面墙从没
承受过欢愉，那些石头
也从未体验过心所燃烧的火焰。
只有瓦片为这梦的空壳
在雨中低唱。

身体中的每种感觉也是这样受到
岁月无情的追迫，
一部分爱也会失踪。
有时候，遇见一个人
也就是在拜访一盏青灯。

入夜，在海陶馆

"器物非凭空而来。"
参观者在指尖嗅到了
来自深渊的陈酿。
而转动的轮盘悟出了
是肖斯塔科维奇的舞曲
在表达边弧的幸福。显然，
不是手完成了茶器，是风暴
在提拉海泥，也是寂静
在寻找腹壁。

一杯《春江花月夜》
清理了知觉的堰塞，茶几
朝向悠悠的源头泛舟。
在陶艺师话语中，魏晋名士
有余，宋徽宗的山水
有余，因而陶泥

也有着至虚之心。

品茗者受邀内室。头脑
犹如潜水器悬于深海，
一套音响内，
电子元件涌起了排浪——
声道里有迷醉的比例，
空气中有波动的宫殿。
这让所有耳朵都入驻
浩瀚的潮水。

孤独的千金已经散尽！这时，
听众不是他们自己——
心被借去了夜云之上，
味蕾已沉浸于芽尖的飞天。

碎裂的第一首诗

见面前，她的甜美
也在飞机上小憩了片刻。

穿过熙攘的人群，
喜悦浮满了四周的真空。

牵着那人的手，他们
瞎逛在江心孤屿，亦真亦幻。

秀发倾泻到乡村巴士，
那肩膀的孤岛，遮蔽了大海的荒凉。

她返程后，铁观音还在
那人的味蕾上写着南方的长信。

有一天，她的玉手镯突然碎裂，

红树林的光芒消失在泪水中。

当时，那人并不知道这一切
已经是一首诗了。

那人不知道，这已经是少年时
看过的越剧里，负心的控诉了。

音乐与回忆

——赠 J

唯有甜蜜的森林
绵延着熟悉的小径。
节奏和音调的感觉
也曾游荡在年轻的血液中。

曲谱不会忘记
它萦绕于某些饱满的情绪中，
黄昏浸入黑夜，
流向悲欢的堡垒。

旋律赋予空中的少女
一片雪花似的邀约——
请穿越山体般的时间，
请用上细胞深深的痴迷。

音乐认出了一缕幽香
勾起的空缺，正是
一个荒谬的、私有的梦。
正是这个站台前，正是久久的等待——

让某个中年男人
赋闲长途，沉醉于乌有，
在一趟中年的动车内飞山越水，
去爱一小把脑际的空气。

孔雀之谈

从镜子中来，他有着
意见的优势：不养一只
新元年的孔雀，圆桌
将暗淡无光——用肯定语气
他俯瞰眼前沉闷的山谷。

侧目云雾中的山峰，
他往普洱茶中续杯情怀。
哦，愚蠢的数据才能扶持
新的人生，决定了明天
需要什么，创造什么。

他展示一只孔雀的胸部——
闪亮的屏幕入夜了，
骄傲的体验，让欲念
弥漫在休憩了的空气。

每个零点，机器都在分析
有多少饥饿的心灵
在购物车中获得了慰藉。

一千片羽毛
就有一千面小镜子，
灿烂的花瓣将会撒下！
既然愚蠢是种本质，
为什么不去爱，不去
皈依这炫目的宗教？

他没有接着谈
孔雀的腰和臀部。
梦的红利期召唤他
第二天一早就得返城。

春夜，月雾中读《聊斋》

朦胧之心高高地游过屋顶，
奇异的柔和奔向街榕
和掀页的指尖，
光之嫦娥涌起了
对世间的无尽蜜意——
迷雾漫向纸页，这正是
鬼狐幻化人形的时刻，
志怪的天赋消除着困苦，
并更改生死簿上的时间，
每处废宅都弥漫着仁慈，
补救那不完美的变故，
也修复那山水的残缺。
一千颗心经过鬼魅的情义，
领受那雾一样无我的秩序。

爱的杯子

若一直空着，
也许会幽闭
那深渊的渴望。

玻璃的天真
为充实，或许
会兑入海水。

泛滥的浪花
则斟满了许多
不存在的杯子。

而感官的烈焰
焚烧，容器是
捕猎的野兽。

仙侣则以宇宙

为杯盏，心之决绝

投映于星辰。

灵魂们的弱点

我们爱虚构的世界，
因为轻灵的感觉不会厌倦
异域的芬芳。

熟悉的楼房如同囚笼，
阻止美的感受
从有限的一天出游。

如若爱，我们就会升向
快乐的雪峰，或随着流水，
漂向悲伤的深渊。

因而，必须依附
某个也许荒唐的支点，出离那
艰难、繁重的日子，强迫心
偏执地驶向某个太阳。

无人沙滩轶稿

刚上岸的沙滩，
微曲的弧线就像
水的呼吸还在
隐秘地进行。

地平线刚刚诞生了，
新世界的形状
在大海两次动荡的间歇
安定下来。

群星隐没于白昼。
但我微微陷下的足印，
是一串通向星系的疑问。
礁石的狰狞则回应着：

宇宙已经太旧，

无数细沙部落的冒险
或许已经太迟。

那些半埋的小石块，
正像迷途星际的纪念碑，
停在两片空无之间。

无神论轶稿

信仰也可能是

卖菜者一边说着

"地里已没有这么好的芹菜了",

一边往袋子里塞更多。

灵魂也这样受教过——

天空的门快要关上,

快往那庸常的大脑里

投喂天量的奇迹,

直到幻境雪降于

平淡无奇的日子。

终极的爱,要我们时刻去

弥补,就如同

一盘油鳗炒芹菜结束了

本地人味觉的漂泊。

中年人的诗意也像

优质的海景那样稀缺,

已没有更好的蔚蓝和涛声
能安顿语词的神龛了。
那就用更多的光影
投喂那饥饿的流量，
将热度当成人生的向导。

陈府庙烛台前轶稿

蜡烛油从圆形烛架
滴落，浮于水上。这是久远的事件。

世界或许并不在意
这偏远的烟火
和演绎的壁画。
殿内神仙的故事
也传之甚少，史册也
忽略了这样小的庙宇
所平息过的悲伤，以及
愚昧或正义的信念
所构成的乡土秩序。
而因为海涛所包围的
空间逼仄，缺乏
永生学的投射，信仰
并未诞生狂热的派系

和对异教徒的怒火。
虽然神像怒目一切，
但卦辞唯有护佑
——去找到病根、财源和
谜团的出口，去避开
风暴、厄运和危险的歧途。

木卦落地——
香火弥漫起
一种纯朴的共识：
以不息的生
去扛住
宇宙深处的滔滔恶意。

南策岛鹅卵石滩轶稿

大海的舌头
搅动天真的边界。
一双赤足迈向浪花，
连衣裙已向旷古
释放了万千蝴蝶。

在大海咏诵的间歇，
圆润鼓舞脚掌
放飞那颗风筝之心，
向起伏的叠浪投注
灵魂的眩晕。

岸涛煽起了中年女人
一个叛逃陆地的念头。
在触屏留影的瞬间，少女
已骑上潮水的马匹，出离

人生那愚蠢的剧本。但——

深深的海洋值得信任吗？
乌托邦的脚趾
只是在岛屿边缘
获得短暂的愉悦，
这平滑的午后也早已隐入
感官的烟云。

对诵经者的反驳轶稿

"黎明诵经，
夜深又瞌睡不停，
点头就像犯人认罪。"

"早晚念诵，是为了给
每个人都念足十万句。"

"用砖石砌墙，
因为有地基，总还能见顶。
而堆于空无的经文，
尽头在哪儿？"

但只要想起他
从渔船坠落几十米深的海底
而奇迹般地脱险，
他对她的反驳
就显得那样苍白无力。

海钓者，大海与假象

一

访问海钓者的卧室
也是通往大海的
一种方式。夜晚的一根烟
点燃了他肺部的南海，
一盒盒钓具打开，
像有蓝光溢出，
像有闪电，于钓竿那一头
垂向深深的水层，
带他再一次感知到
那鱼眼的试探。

二

钓线能测量出
鱼是向深处长的，

鱼的时间向下。
器官们服从压力的法则，
重返大海的表皮，
失压将爆绽肉体。
哦，每一条大鱼的
浅水之乡不可返。
如果让鱼族来谈论大海：
蓝色将是太轻的假象。

三

那就诉诸幽暗——
他取出一枚鱼形假饵：
荧光在内，一个五枝倒钩外挂，
恐怖的美吸引
深海鱼凶猛捕食。他想起
幽深的浩瀚不会在乎
一条大鱼的失踪。
当收线的喜悦
面临出水的半个鱼头
和撕咬的豁口，
无边的恐惧便
向着海钓艇收拢巨网。

四

他展示手机屏幕里
刚钓上的红鱼，
那触电般的
颤抖，深海微量的痛
化作视觉的奇珍，
驱使着流量
向无数屏幕
投喂猎奇的快感——
赞美海钓，
赞颂大海！

五

他双眼微阖，
戏言内陆的
湖河之钓是垂钓阴沟。
海钓者的野心
要向着更深处
沉潜，犹如雄峰垂顾深渊。
以未知之黑蓝
睥睨那轻薄的
光的表面。

六

一个大嗓门的招呼
掠过了对象的听觉，
飞向天边的烟云。
这个曾经的乡民，
从小镇的巷弄中
出逃，向海岸线的空旷
要回音。阴暗的往事
已抛于大海，只有一嗓子
蓝色的火焰
勾兑那相逢的天涯。
但天涯尽头
依然是幽暗的谱系。

七

他见过一座
插入大海的钻井平台
搅动着海底，
泛起食物链的漩涡
和鱼群的屠猎。
夜色中，直升机
飞离钻井平台，

工程师眼下的海洋
闪着静谧的光芒。
此时，海钓船处于
两个世界的
中间地带。

八

冬天他在海边晒鱼干，
晒深海的残骸，
晒幽暗的片段。

夜色的一桌海鲜，
配以烟酒和星光，
一个浅浮之人
和一个深潜之人，
在桌子两侧形成落差，
中间隐现了一根钓线。

九

从沙丁鱼到巨鲸，
也许鱼群——
这些深海的幽暗部落
一起设计着死亡的层次。

也许一根钓线

正从欲望的平面
垂向天真的感官——
向着甲壳类退却的
软体寓言：
大海不是眼前的大海，
蓝色是无边的塞壬之歌。